KB103674

쏟아지는 뙤약볕에 시간을 말리고

쏟아지는 뙤약볕에 시간을 말리고

시 그리고 생각

이광근

이랑

미지수

김용기

정안시율

송은아(末恩我)

시스루 (詩through) 　　　　29

이광근

시와 인생은 문학이다 77

김용기

그렇게 우리의 사계절,
행복한 날들입니다

우리 집에 왜 왔니? 135

송은아(宋恩我)

세밀한 사랑은
돌아가는 물레가 필요합니다

시 그리고 생각

시 그리고 생각

안녕하세요. 시 그리고 생각입니다. 달이 마중 나오는 시간에 산책하는 것을 좋아합니다. 달과 함께 기억을 떠올리고 생각을 정리하여 '시'로 기록합니다. 요즈음 최대 관심사는 '하고 싶은 것을 하는 삶'입니다. 싫증을 참는 법은 배우지 않아도 될 것 같습니다. 그래서 조만간 수영을 배우려 합니다. 인생이라는 바다를 멋지게 헤엄치고 싶으니까요.

인스타그램: @poem.thinking

태평양 푸른 빛

떠나도 미움이 사라지지 않습니다
그때로 돌아가서 불이 붙습니다
옆에 놓인 하얀 찔레꽃은 붉어집니다

계절의 물레를 지나 우연히 마주한다면
태평양 중앙에서 부서지는
푸른 빛 한 조각을 선물할 겁니다

뜨겁지도 차갑지도 않게
제비꽃이 피어나도록

플라스틱 지구별

깊숙한 땅을 잃은 지구가 돌아간다
뜨거운 거품 속에서 탄생하는 비너스를 잊은 채

어둠을 촛대 삼아 알 수 없는 표정을 비춰보고
까맣게 늘어놓은 이야기는 별을 따라 흩어진다

공전을 모르는 행성이 밤을 새워 춘 춤은
새벽별에 사라지는 짝이 없는 블루스.

강 같은 그대

줄 것이 하나도 없다 물이 마른 우물처럼
새벽 내내 펜을 잡아도 빌려올 말이 없다

찢어진 그물로 잡히기를 바라고
메마른 우물에 빠트리고 싶어도
삐쭉 튀어나온 허물이 부끄럽다

태양에 눈동자가 반짝이기 전에
흐르는 저 강에 물을 길어 간다

빌딩 숲

떨어지는 꽃잎을 바라보며
산 위에 서 있다

새날을 축복하는 세리머니
물기를 가득 머금은 채로
바람이 부르는 그곳으로 출발한다

작은 몸집으로 황금 도시를 덮으려고
앙상한 갈비뼈에게 물 한 모금을 축이려고

축축한 달팽이

나는 달팽이
안개 낀 숲을 가로지르는
축축한 달팽이

넌 그 속에 쉴만한 잎사귀
안개 낀 잎사귀
싱싱한 초록빛이 맴도는 작은 숲

작은 달팽이는
잎사귀 아래에 텁텁한 껍질을 버린다
산란하는 초록빛에 그늘진다

돌아갈 곳 하나 없는 것처럼

엄마 아빠의 사랑

나의 사랑은 엄마 아빠를 닮았으면 해

엄마 아빠의 엄마 아빠가 했던 사랑을 기다리고 있어

내 사랑이 동아줄처럼 내려온다면

그 줄을 잡고 떠날 거야

하늘 위로 떠날 거야

그러다 무서운 공룡이 살았던 지구에 도착하면

그곳에서 우리는 무섭지 않을 거야

우리 둘은 사랑을 배울 거야

오래되고 전설 같은 사랑

집도 없고 차도 없고 전기도 없지만

우리 둘은 신날 거야

밤새 서로의 별이 되어주자

우리는 벽난로처럼 따뜻이

서로를 지킬 거야

그러다 저 북극 어디인가로 남몰래 툭 떨어져도

우리 둘은 꼭 껴안은 채로

영원히 꽃이 피길 기대할 거야

그러니깐 더 이상 서로를 괴롭히지 말자

우리 둘은 다시 사랑에 빠질 테니까

긴 겨울잠을 깨고 일어나면

우리는 첫 번째 눈을 맞출 거야

그렇게 꽃이 피고 돌아오면

엄마 아빠의 엄마 아빠가 했던 사랑을 할 테니까

오래되고 전설 같은 사랑

우리의 사랑은 동아줄이 되어 헤엄치고

깊은 바닷속에서 사랑을 꿈꿀 거야

우리는 우리를 만날 거야

불이 있어요

불이 있어요
저기 다가갈 수 없는 불이 있어요
너무 따가워서
너무 아름다워서
닿을 수 없는 불이 있어요
그 불이 춤을 추네요
물결을 따라 일렁이네요
살결을 따라 일렁이네요
불빛이 반짝거려요
나를 보고 깜박해요
쓰러질 듯 휘어지며 눈인사를 해요
어서 내게 다가오라며 슬며시 신호를 줘요
구름이 달을 감춰둔 깜깜한 밤에 날 기다리는 불이 있어요
초승달 위에 올라타 노를 저어요
야속한 그대
여전히 따가워서 닿을 수 없어요
물결이 갈라지고 불빛이 부서져요
난 길을 헤매고 그대는 도망가요
저 멀리 미소를 짓는 아름다운 불이 있어요
날 기다리는 불이 있어요

꿈

아빠,
난 경찰이 되고 싶었어요
우리를 힘들게 한 무언가를
혼내주고 싶었던 거예요

엄마,
나는 간호사가 되고 싶었어
매일 밤 아팠던 우리 가족을
지켜주고 싶었던 거야

아침이 오고서야 보이는가 봐
희끗한 머리에 얽힌 걱정이
주름진 손에 담긴 흔적이

4월의 크리스마스

떨어지는 벚꽃이 좋다
다가오는 손길이 스치는 숨결이
끝바람을 물리치고 잎이 새겨질 자리를 만든다

솟아난 봄 꽃봉오리는 온 힘을 다했다
꽃비처럼 내리는 땀방울
당신이 스치운다
단촐한 가방 하나를 들고 상경한
두더지 같은 당신은
하수관으로 출근을 했다

당신의 젊음으로 피어난 4월의 잎
앞니가 모두 빠진 그때를 기억한다
햇살에 반짝이던 보라색 상자
깜짝 놀라 환호조차 나오지 못한 생일날

겨울 빈 나뭇가지 같던 손가락
그 속에 들어있던 선물은
바라던 물건은 아니었지만
한 동안 손목을 차지한 토끼 시계

선물을 주지 못한 산타클로스를 알았던
무슨 잘못을 했을까 마음을 졸였던
스치는 소중했던 순간
매해 크리스마스에는 꽃이 내린다

텅 빈

경복궁을 걷습니다
팔을 잃은 아버지와 다리를 잃은 아들이 지나갑니다
신발공장에서 일하는 어머니와 최루가스에 기침을 콜록이는
딸이 지나갑니다
촛불을 쥐고 경복궁을 걷습니다
구름은 흘러가고 태극기는 펄럭입니다

자기 집을 훔치는 도둑

바람을 찾아 떠나간 사람이 모두 가져갔어요
검은 머리가 파뿌리가 될 때까지 사랑하자던 약속
지나간 세월을 흘려보낸 이에게 영원할까요

높새바람에 벼가 말리듯 눈물샘이 마르고
저 멀리 시원한 해풍에 웃는 당신이 보여요
우리 집을 훔치는군요

시작노트 /

태초에 사랑이 잉태하였습니다.
그리고 지금껏 이어져 옵니다.

완벽한 사랑을 볼 수 있다면 얼마나 평안할까요?

파도처럼 침노하려 글을 씁니다.
낭비했으면 좋겠습니다.
그걸로 평안했으면 그만인 일입니다.

2022. 시그생.

시스루 (詩through)

이광근

이광근　　　이광근 李光根

1985.5 서울출생

단국대학교 재학시절

시를 통해 마음의 평안을

얻을 수 있음을 알게되었습니다

이렇게 시를 쓸 수 있음에 기쁩니다

인스타그램: @leegwanggeun

변 화

겨울 끝자락의 아침은 누구를 위함 일까

거무스름한 어둠이 두렵다고 느껴질 때

홀로 바닷바람을 쐬는 외로운 등대를 바라본다

한쪽 다리로 우뚝 서있는 모습이

마치 허수아비 같구나

두려운 병아리가 힘겹게 고개를 든다

한줄기 빛을 얻으니

세상을 환하게 비출 촛불을 켜자

바다를 건너고 싶은 양(羊)

지쳐있는 어깨너머로

수줍은 아이처럼

미소 한 모금

부끄럽다는 양

첫 발걸음을 내딛는

소년의 손바닥엔

바다를 건너고 싶은 양(羊)

앞 니

나는 앞니가 없다
타인의 소음이 귀와 눈을 어둡게 한 순간
지금 붙어있는 앞니는 내 것이 아닌
돈 주고 산 모조품
앞니를 대신한 이후
생각들도 모조품이 돼버렸다
새어나가는 목청의 떨림
언제부턴가 사람들이 내 생각도 발음처럼
길을 잃은 거 같다고 말해준다
모조품이 되느니 차라리 옆으로 새는 것도
괜찮을 거라는 생각이 들었다
그래서 나는 지금도 앞니가 없다

낯선 모습

부를까...
불렀다
허공은 물결치고
아무도 없는
비어 있는 눈동자

어제 사온 커피처럼
식어버린 나

돌아오는 메아리엔
울고 있는 소년만이...

사 진

웃는 이는 두 명인데

우는 이는 한 명이네

흔 적

달팽이가
달을 따라 걷다
눈이 마주친다
반갑게 웃는다
그가 지나간다

가냘픈 몸짓이
떠나간 자리엔
발자국이 선명하다

잡힐 듯 잡히지 않는
목소리의 그림자...

길을 잃었다

앞니 2

오랜 기간 앞니가 없었다
비어 있는 틈새로
새어나가길 바랬던 건
부어오른 몸서리
느릿느릿 걸어가는 시침처럼
늘어져만가는 나
다급한 초침의 마음을 모르듯
앞니의 빈방을 물끄러미 바라본다

단대 호수

소녀는 호수를 바라보았다
쑥스러운 듯 얼어버린 물결
소녀가 그의 이름을 부르자
노을이 호수를 감싸 안는다

어느 여름 저녁일이었다

인 연

소년의 연은
바람과 춤을 추고
그를 향해 웃어 주었다
늘어가는 발자국만큼
아려오는 마음
점점 멀어져 가는 작은 점
작은 별이 되어
오늘도 소년의 밤을 비추고
4월의 끝자락
달빛의 안색은 차다

재 회

안녕, 너를 만나 기뻐
인사하는 연어

눈에는 붉은 달이
입가엔 기울어진 초승달이

반가움은 스치고

어느새 다른 메뉴를 주문하는 나

생맥주

하얀 달이 떨어지자
녹아내리는 눈

잔 위에 얹어놓은 흰 자처럼
민들레 홀씨가
차곡차곡 쌓인다

눈에 비친 노른자가
넘치는 홍수

손에 잡히고
눈에 밟힌다

내리는 하얀 달이 녹는다

시작노트 /

오랜만에 축구공이 아닌 펜을 들었다

무엇에 이끌려 여기까지 왔을까

이것이 시의 힘이라 믿는다

길가의 이름 없는 꽃도 꽃이라 부른다면

나의 시시한 시들도 시라면 시겠지

음풍농월까진 아니더라도 잠시나마 술의 시인

이백의 마음으로 써 내려간 몇 편의 시...

시답지 않더라도 시적인 글을 적기 위해 고민했던

외로웠던 시간들,.

그것들과 함께 했던 시간은 잠시나마 행복했다

단 한 명이라도 누군가에겐

하나의 의미가 되길...

그리고 시작을 함께 한 모든 분들의 열정과

시적 영감을 준 이의 몸짓에

존경과 감사의 말을 드립니다

멋진 시 한 편은 한 폭의 그림으로 다가온다

그런 시를 쓸 수 있는 날이 오기를 기대해 본다.

2022년 여름이 봄에게 놀러 온 5월

이광근

들여다 본다...

이랑

이 랑   이랑은 함께 하고 싶은 마음.

아직은 아홉. 꿈 꾸는 사람을 기다리는 중.

인스타그램: @jiyeon2887

홈페이지: http://www.ljystyle.com/

배낭 속 우유니

하늘에 발을 담는다.
찰랑이는 구름 속으로
조각난 진주들이 겹겹이 박혀있다.
뭉게구름이 담긴 오아시스는 다이아몬드
부신 눈을 참고
눈물을 흘린다.

거울 속으로 발을 넣는다.
발목까지 차오른 요술거울.
은하수로 휘감은 밤
쌍둥이 하늘이 손잡은 곳에는
밤새 떨어진 별들이 모여 있을까.

혼자만 갖고 싶은 사진을
접어 넣는다.
젖은 배낭에.
내려다 보이는 하늘에 사연을 놓는다.

빛바랜 배낭을 멘다
구멍 난 운동화 위로 흐르는 하늘.

한 점이 된 날

품는다.

--

2007. 볼리비아 우유니에서.
이 장관을 누가 만들었을까...
나는 어디로 흐르는걸까....

저는 마지막 정거장에서 내릴게요...

점심시간
따스한 도시락.
보리 밑에 흰쌀밥,
그 밑에 계란프라이,
오늘 우리 엄마는...

보고 싶은 맘에
버스를 탔는데
길이 꼬불거린다. 많이
창 밖을 보다가
잔다.
못 보고 놓친 사이
버스에 나만 남는다.

차 창엔 내가 보인다.
아는 노래가 나온다.
감았던 눈을 마저 감는다.

저는
마지막 정거장에서 내릴게요...

버스는 출렁이고
나도 흔들린다.

--

용인.2022.
그리운 엄마... 치열하게 살아온 세월 속 귀퉁이를 어쩌면 슬며시 놓
아버린다.

무지개

무지개는 하늘에 걸린 빨랫줄 같아.
눈 부실 때 재빨리 내어 거는 색동저고리
사이로 본 무지개.

이불 홑청, 하얀 커튼
그 속으로 아장거리는 숨바꼭질.
숨 죽이고 훔쳐보던 무지개는
고사리 손으로 만지작 거리던 빨랫줄이야.

--

종로 원서동 1972. 추억.
어린 시절 해맑은 찰나의 추억... 그 아련함.

한잔

맹물에 잉크 퍼지듯
실핏줄까지 찌릿하다.

실로폰 진동이 울림같이 번지듯
넌 살 포리 하게 저리다.

둘러앉은 일상들이
구슬처럼 튕겨 다니고,
취기에 부른 노래는 잊었던 애인을 끌고 온다.
말간 물, 맹물인데
의리 있다.

젖은 눈썹으로 어둠을 닦는다.
잘 씻긴 밤을 담가 마신다.
비운 잔으로 얼굴을 가리면
친구 얼굴이 더 크게 보인다.
믿음직한 놈!

--

홍대 2006.
취하면서 배운 깊이.

윤중로 봄길

봄바람이
옷소매를 걷어찬다.
분홍 셔츠에 흰 바람이 앉는다.

둘이 품어도 모자란 굵은 몸매를
해마다 가냘픈 바람으로 풀어낸다.
반사된 얼굴빛조차 눈부신
윤중로 사잇길
눈 꽃.

지난 흰 눈엔 쌓인 이별을 넣고,
오늘은 모아서 마음을 놓는다.

--

-여의도 집에서 2018. -
눈처럼 내린다.
하얗게 쌓이고 , 따스한 바람이 분다...

자화상

기름 냄새가 난다.
임패스토의 붉은 얼굴
못 생겼다.

치마를 입혀야겠다.
속 옷을 먼저...
마음을 넣어야지,
창 밖을 담은 눈도.

머리를 땋기 전에
사연을 그려야겠어.
광장에 앉아있는
로댕을 생각하며.

등 뒤로
햇살 뿌린
분수대 옆 정원을 손질할 차례야.
콧노래를 불러야지.

--
예술의전당 2022.
어설픈 내가 가꾸는 정원은 나.

오래된 이름

오래된 이름

먼지를 닦고 꺼내들었다.
일기장 속 이름

내가 알던 뽀얀 네가
벗 꽃잎 속에 춤춘다.

아파서 피하던 여름 소나기,
힘껏 따오던 찬란한 별들을 쥐고,

푹신한 은행잎 위로 점프하며 누웠던
우리 청춘이...
라흐마니노프 위에 홍차 향으로
이제.

--

홍대에서 1992. 가을밤. 산울림소극장 앞 소복한 낙엽 위에. 스물과
스물여덟이...

자전거

자전거
어디든 간다. 파스텔 풍선을 달고,
앞 바구니에 부푼 봄꽃 다발

풍만한 치맛자락 사이로,
페달 위 흰 운동화.
바쁜 재촉에 콧노래가 장단 맞춘다.

아카시아가 불러 모은 산자락
돌이끼 사이 시내
모과나무 연 분홍 꽃을
바람이 실어준다.

때마다 다른 그림을
넘치게 담아
두 바퀴에 간신히 올려놓는다.
너만 믿는다.

난 달리기만 하면 돼지?

--
용인 2022.
나의 테라스로 계절이 다가온다. 아무것도 한 게 없는데...
이런 벅찬 선물이...

산티아고의 여름밤

퍼붓는 빗줄기에 잔을 대고
목까지 찬 너를 뱉는다.
마가릿따를 마시던 잔에
어름 반, 빗물 반

땀과 비는
앞가슴에 모이고
달지 않은 초콜릿은
끈적하게 녹는다.
열기가 흐른 자리에.

뜨거워진 게 잔때문일까
너 때문일까
달아있는 가로등 빛
산티아고의 밤은

--

남미 2007.
남미의 뜨거움만큼 잠시 설레었던 바람.

넌줄 알았어. 나의 마자막이...

넌 줄 알았어. 나의 마지막이...

동그라밀 그리는데
마주 보고 그리니까
얼굴만 보게 돼.

모르는 새
나만 컷 나봐.
햇살을 등진 텅 빈 골목길에
내 키가 저기까지 가 있네.

우리는
촛불 아래 있는데
그림자가 없어.

바늘 침 놓인 L.P. 판도 튀고...

심장소리로 뜨거워진 와인은
아스팔트 위에 뿌릴게

--

용인 2021. 마지막이길 바라보지만, 역시 문젠 나다.
만남에 공허함이 있다면...

시작노트

매일보는데 새록새록 이쁘다.
그들은 매일 변한다. 아주 조금씩
헌데, 나도 알아차린다.

숨 죽이고 들여다보고, 바라다본다.
그때
의미가 놓인다.
그건 내가 된다.

반전된 나의 데칼코마니

미지수

미지수　　인생은 수시로 바뀔 수 있는 '미지수'로 생각하며 살아가고 있으며 일상 모든 것에
서 벗어나 카페에 앉아 멍하게 혼자 있으면 힐링이 된다.
사진을 찍고, 음악을 듣고, 뮤지컬, 영화를 관람하는 게 취미이고, 말을 하는 것보
다는 글로 마음을 표현하기를 좋아하며, 주로 밤에 활동을 하는 '야행성 인간'이다.

인스타그램: @himizisuya

달

어둠이 나를 베어 먹고
빛을 삼키고
그대의 슬픔까지 덮을 수 있는 밤이 오면
마음껏 울어도 돼요.

어둠이 나를 뱉어 내고
빛을 비추고
그대의 슬픔마저 가릴 수 없는 밤이 오면
잠깐 눈을 감아도 돼요.

멍

문틈에 끼어 깨어져 버린 손톱

작아진 손톱은
붉게 물들기 시작했고

붉었던 손톱은
검은 먹물이 점령했고

콘크리트보다 단단해졌다.

매니큐어를 발라 가려보아도
깎아 내어 도려내 보아도

아팠던 만큼이나
멍은 그렇게 오랫동안 머물렀다.

장미

봄과 여름의 틈 사이에서 바람이 음악을 연주하고
너는 치맛자락을 휘날리며 플라멩코를 추기 시작했다.

춤사위에 진동한 향긋한 향기는 공간을 가득 메웠고,
시선 끝에 떨어진 치마 조각들이 내 발끝을 붙잡았다.

손을 뻗어 잡은 네 손은 뾰족한 창으로 변하였고,
창에 찔린 손끝에서는 루비들이 맺혀
바닥으로 떨어져 산산조각이 났다.

바람

봄바람에 꽃은 춤바람이 나고,

외로운 바람에 마음은 바람맞은 줄 몰랐네.

바람이 든 마음은 잡을 수 없는 헛바람이 되었네.

감기

마스크에 얼굴을 숨겼지만
이불속에 몸을 파고들었지만
예고도 없이 기척도 없이 찾아왔네요.

볼은 부끄러워 붉은 꽃이 피고 있어요.
코끝은 간지러워 입에선 숨겨 놓은 진심을 말하고 있어요.
온몸은 시베리아보다 추운 겨울을 나고 있어요.
머리는 한여름보다 뜨거운 열병을 앓고 있어요.
누워서 타는 회전목마에 온 세상이 돌고 있어요.

늘 그래 왔듯
잠시만 앓다가 보내 드릴게요.

거울

유리벽 하나를 사이에 두고
서로를 아무 말 없이 바라만 본다.

말은 하고 있으나 들을 수 없는 세상
듣고는 있으나 말을 할 수 없는 세상

데칼코마니의 뒤집힌 세상에서
유리벽 너머의 서로의 모습을 보며 안부를 확인한다.

그림자

빛이 가까워지자
커진 모습을 자랑하며 다가선다.

어둠이 다가오자
어둠 속에 모습을 감추고 사라진다.

어둠 속의 숨바꼭질은 술래가 된 후에야
슬픔이 다가왔다는 것을 깨달았다.

꿈

큰 숨을 들이마시고,
점점 숨을 불어넣는다.

풍선은 생명을 얻은 듯
폐처럼 부풀어 올랐다.

양손 가득 차오른 풍선을 잡은 순간
톱니 같은 손톱에 상처를 입었다.

앞을 가렸던 풍선은 작아졌고,
작은 비명을 지르며 날아오른다.

천장 끝까지 도달한 풍선은
소용돌이처럼 돌다가
주름을 남기고 힘없이 바닥으로 꺼졌다.

환상

눈이 내린 자리에 회오리바람이 불었다.

진공청소기가 된 회오리바람 속에 떠돌던 구름은
나뭇가지에 걸려 실타래를 만들었다.

실타래는 점점 커져 솜이 되었다.
솜은 달콤함을 휘감아 솜사탕이 되었다.

솜사탕은
입안에 맴돌며 짧은 달콤함을 선사하였다.

달콤함으로 감싸져 있던 자리엔
앙상한 가지만이 남았다.

시계

쉴 틈 없이 돌아가는 톱니바퀴의 소리가 들리면
같이 때로는 따로 같은 방향을 돌고 돌아
밤낮없이 흘러가는 시간에 조각을 내어요.

가깝기도 멀기도 한 거리에서 수없이 만나고
어쩌다 스쳐 지나가는 그대를 붙잡고 싶지만
빠른 걸음에 쫓아가지 못하고,
이미 저만치 가서 기다리고 있네요.

우린 과거를 함께 했고,
우린 현재를 함께 하고 있고,
우린 미래도 함께 할 거예요.

부지런히 따라서
약속한 정각에서 만나면
사랑을 알리는
축복의 종소리가 울릴 거예요.

시작노트 /

걷기 좋은 봄과 가을밤에 산책을 하며 달빛에 비치는 그림
자를 만나며 영원히 달의 뒷면을 볼 수 없듯이 그림자의 뒷
모습을 볼 수가 없다는 것에서 공통점을 발견하기도 하며 주
제를 찾기도 했다.

바람에 흔들리는 장미꽃이 귓가에 꽂은 이어폰에서 흘러
나오는 음악에 맞추어 춤을 추는 듯한 기분을 느끼기도 하였
다. 또한 항상 흘러가는 시간 속에 살고 있으면서, 어렸을 때
놀이동산에서 솜사탕을 먹으며 달콤했던 기억은 일상 속에
지쳐 씁쓸함으로 바뀌었고, 거울 속에 나 자신을 발견하고
새로운 결심과 꿈을 꾸기도 하였다.

감기처럼 갑자기 다가온 사랑에 아파하고, 아파했던 기억
만큼 마음의 멍도 사라져 갔다. 반복되는 일상 속에서 다양
한 일들을 겪으며 수많은 사람 중 한 사람으로서 인생의 방
정식에서 미지수에 다양한 숫자를 대입하며 살아가고 있다.

2022년 5월 어느 봄날의 미지수

사진은 직접 찍은 것이니 불법사용은 금지합니다.

시와 인생은 문학이다

김용기

김용기　정읍에서 태어났고 장안대학교와 숭실대학교 석사와 박사학위를 취득하였다. 대학원에서 겸임교수로 근무하였으며 기업체 강의와 경영컨설팅, 가업승계 컨설팅을 하였다. 한국문인 시 등단, 시사문단 시 등단을 하였고 저서 - 시집 [슬픈 도시] 에세이 공저 [우리가 붙잡았던 흔적들] 새한국문학회 삼임편집위원 및 연수원교수 역임, 서초문인협회 회원이다.

이메일: yoochang2001@hanmail.net

마음은 봄

마음은 봄
산수유 꽃망울도
수줍게 얼굴을 내민다

겨울도 좋았지
하얀 눈이 내릴 때면
마음이 깨끗하고

봄이 오니
산야의 물감이
서서히 변해가고
종달새가 소리로 인사를 한다.

생기가 넘치고 찬란하고
눈부시게 빛나는 봄
우리네 인생은 봄일까

봄의 향연

봄에 대한

간직하고 싶은

말이나 글을 남겨 보세요.

봄비

겨울 내 얼어붙은 가슴을
봄비가 녹여줍니다

개나리와 철쭉들이
활짝 피어 웃음으로
인사 합니다

봄비 오는 소리에 취하고
활짝 핀 향기에 취하고

봄비 오는 봄날
꽃들과 얘기를 하며
봄 속으로 걸어갑니다

봄의 노래

봄의 노래
진달래 먹고 물장구 치고
노래 부르던 어린 시절

봄의 전령으로 꼽히는
산수유가 잿빛 겨울 풍경을 몰아내고
대지를 노랗게 물들이는
얼굴들

입춘이 지난 지 오래 되었지만
하얀 눈이 내리고
계절도 세월을 이기지 못하고
마지막 심통을 부린다

철쭉들이
가지가지마다 봄의 향연을
연주하며 꽃망울이 서로 앞을 다투어
피기 시작한다

꽃피는 봄날에

당신의 느낌은 어떤가요

봄의 노래가

봄의 노래

진달래 먹고 물장구 치고
노래 부르던 어린 시절을
생각하면서 추억을 적어보세요

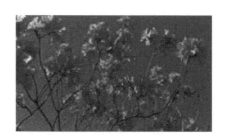

봄의 향연

벚꽃들이 만개 하였다
봄날 벚꽃들의 향연
푸른 하늘이 웃음으로
인사한다

목련이 활짝 웃고 반겨주니
아름답고
떨어지는 하얀 눈물이
바닥에 상처를 준다

은빛 잎이 흩날린다
바닥에 깔려있는 은구슬
사람들은 옹기종기 서있다

잠시 왔다 가는 길에
기쁨주고 슬픔을 주고
또다시 만날 수 있을까
봄날의 향연

찰라마다 변하는 세월

화려했던 젊음도
흘러간 세월 속에
묻혀 가고
나는 내 안에 등불을
켜리라

영웅이
자리 잡고
살아온 세월

간절함이 성공의
씨앗이 되었지만

뜨거웠던 열정의
온도를 내려 본다

휘몰아치는
생존의 소용돌이
용하게도 빠져 나가고

찰라마다 변하는 세월

남은 세월에 애착이 간다

간절한 마음

혹한의 새벽을 깨우며
전망 좋은 곳에서
저마다 슬픔을 치유하며
파란 바다에 고한다

망망대해 파란 파도와
교감하며 간절한 사연을
기도한다

첫날 떠오르는 태양과
함께 나는 힘차게
비상하리라

높고 맑은 하늘
푸른 바다 시원한 바람
새해를 시작한다

새해 첫날의 기도
간절히 다짐한다

사랑이 머물던 곳

초가집
아무도 없는 초가집
비어있는 초가집

너는
무슨 사연이 있었냐
쓸쓸함이 느껴지고

조용한 초가집에 낙엽들이
모임 하고
파란 풀 입들이 제집인 양
사랑을 나누고
조용한 초가집에 보름달
불을 밝히다

벌레들이 하나 둘 손님으로
찾아오고
언젠가 초가집 하늘나라
가시겠네

한때는 사랑이 머물던 곳

한때는 정이 가득 했던 곳

아무도 없는 초가집

초가집

아무도 없는 초가집
비어있는 초가집
생각해보면 시골집에 대한
추억이 많습니다.
적어보세요

세월이 나에게

지나온 세월이
나에게
묻는다
살아온 세월을
어떻게 생각 하냐고

시련 속에서도
포기하지 않고
이루고 나면
또 다른 도전이
시작이 되고
아쉬워하노라

후회되는
삶이 없는지
세월이 나에게
다시 묻는다

다시 한 번 산다면
어떻게
살 거냐고

싱그러운 햇살

해맑은 미소와
만물이 소생하는 산천초목
꽃피고 새우는 봄

곳곳을 눈 감고 더듬어 보면
손끝에 걸리는 것은
모두 꿈틀거리고
새싹이 돋아나오고 있다

맑고 부드러운 햇살아래
싱그러운 봄의 기운을
한껏 느끼며 행복에 젖어본다

꽃피는 봄날에
꽃향기 느끼며
새싹처럼 소망을 가지고
날아오르는 봄날이 되길

그 시절 그리웠는지

지금도 가끔 꿈을 꾼다
지속 가능한 발전을 이루고
제품을 만들고 납품을 하고

은퇴하고 세월이 많이
흘러갔는데
어제 밤 갑자기 꿈을

납품하고 매출을 올린다
직원에게 급여를 준다
회사를 경영하며 희로애락

왜 꿈을 꾼 건지
그 시절 그리웠는지
행복했었나보다

소중한 사람들

어느 시절에는 직원들과
흔들림 없이 변화하는
큰 세상을 보았지

어느 시절에는 내가
가르치던 부분이
학생들에게는 큰 힘이
되리라 보았지

어느 시절에는 내가 출간한
시집을 선물할 때 시를
읽으면 생각이 열린다고
보았지

어느 시절의 소중한 생각들

행복한 시절

아이엠에프 시절 모두가
힘들어 하고
최고경영자과정

많은 경영자들을 만났으니
불혹의 나이에 또 다른
세상을 보았지

다양하게 배우는 학습과정
행복하였다
사슴도 늑대도 여우도
있었지만

지천명을 넘어서 학교에
다니던 시절
공부에 대한 열정으로
배움의 의미를 생각한다

이순을 넘어서 박사에
진학하고

돌을 갈아서 황금을 만들었다

내 인생에 행복한 시절

대공원 역

등산복 인파로 넘쳐났다
2번 출구
여기도 저기에도 기다리며
속삭이는 언어들

걷기 시작했다
걷다보니 진달래가 활짝 웃고
철쭉들의 꽃망울이 봄의
향연을 연주한다

한 사람 두 사람 산위로
올라갑니다
오. 이 향기
싱글거리는 흙의 향기

옹기종기 걷는 사람들
꽃들이 얘기를 한다
인생이 꽃이라면
흙은 지구 지킴이

걷다보니 알겠어

신라 화랑도 반했다
벚꽃과 사랑을 하고
일몰에 행복해진다

잔잔한 호수만 봐도
맘이 편해지고
반짝이는 물결에 은구슬이
출렁인다

평화롭게 수영하면 놀던
청둥오리들
중간을 가로지르는 영랑호
수잇길

물위에 서서 인생을 노래한다
흐르는 물은 내 세월 같고
부는 바람은 내 마음 같고
저무는 해는 내 모습 같다

걷다 보니 알겠어요

나 속초 좋아했다
설악산과 속초 해변이
전부가 아니더라

별 찾아보기

밤에 산책을 나가면서
당신별을 찾아봤어

밤하늘에 빛나는 별들
제일로 예쁜 별 하나
당신별이라고 찍어본다

가로등 불빛사이로
걸어가며
지금이 내생에 제일
행복한 날 이라는 언어

콘도에서 망망대해
바라보니
깜박이는 등대 불빛이
외롭게 보인다

그간 외로웠나 보다
지금이라도 반짝이는 별을
만들어주자
내생에 제일 행복한 날

세월동안

바라보고 있다
잔잔한 갈대밭에서 소곤소곤
잠자는 당신 모습이 참으로
아름답다

행복하게 편안하게 꿈도
안 꾸며 자는 모습이다

세월동안 외로운 사연도
있으련만
뒤늦게 찾아온 행복은
마음이 풍성하고

오늘도 나는 노력한다
당신과 미래를 만들어 간다

형태의 삶

앉았다 누웠다
일어나면 어지러움
왜 그럴까

진단에 따라서
치료방법이나
입원 치료가 될 수도

무슨 일이 있나요
무슨 사연이 있나요
스트레스가 병을 만들어요

마음이 병이라 하네
상상을 뛰어넘는
형태의 삶

아리송해

연구하고 실행하고 안 되면
시행착오

어차피 시행착오를 격어야
되는가

시험공부 안하고 놀다가도
시험은 잘보고

연습을 안 해도 시합을 하면
성과가 좋아요

시행착오를 해야 좋은 건지

철학자

세상에서 가장 중요한 것은
무엇일까

하루 종일 어떤 생각에
매달려 있다

진실과 거짓 속에서 우리는
혼동한다

인생은 우리를 철학자로
만든다

외로운 삶의 길

손이 시럽고
귀도 시럽고
겨울이라 춥다

걷고 있다
운동을 한다
반복 되는 삶
일상의 행복은

어르신
친구와 얘기를 하다가
한참을 웃는다

웃음이 보약이레
춥지는 않고 친구가
좋은가봐

마른 잎 하나
나뭇가지 끝에 매달려
매서운 바람에 외로이

떨고 있다

하늘아래 뻗어있는
자연의 길

시작노트 /

시를 읽으면 생각이 열리고
나에 대한 질문에 답하면
인생의 길이 보였다

시를 따라가다 보면
시가 내 슬픔을 가져가고
시를 쓰다보면
잠시 잠깐 위로가 되었다

시를 한번 따라 가보자
어제보다 또 다른 날을
만들어보자

2022. 5월

일생을 총성 없는 전쟁터라고 불리는 곳에서 사업을 하면서
살아 왔습니다. 어느 날 시인이 되고 싶다는 생각이 뇌리를
지배하기 시작 하였습니다.
우리가 살아오면서 부딪히고 고민했던 모든 일들, 즐거움을

표현하고 행복함을 노래하며 한 편 한 편의 시로 만들고 싶
었습니다.

그렇게 우리의 사계절,
행복한 날들입니다

정안시율

정안시율   봄 날, 사랑 퍼트리기

계절과 계절이 만나는 그 어디쯤,

봄바람이 쉬어가는 어느 날,

봄 날 따뜻하고 사랑이 철철 넘치는 작가 정안시율입니다.

도나 더나 사랑한단다

책을 읽다
마음에 와 닿는 구절을
일기장에 따라 써본다.
오늘도 사랑해.
오늘 더 사랑해.
ㅗ를 ㅓ로 바꾸었다.
도와 더의 차이.
....
도나 더나 사랑한단다.
오늘,
지금.
이 순간.

모래시계

하얀 모래가루
소르르
소르르
내릴 때 마다
그리움 한 알 한 알
무쳐 내려요
300알 그리움
다 내리면
그리움 다시 올라
가득 차요
하루에 한번
모래가루에
당신이 소르르 소르르
내리며
미소 지어요

뭐가 좋아?

잘 모르겠어요.
뭐가 좋은지?
왜 몰라?
그것도 몰라?
그럼 사랑하는 아닌 거 아냐?

너무 좋은 게 많아서
그 중에 고를 수 없는 거야.
그래서 모른다고 하는 거야.

반지 낀 곳에 뾰루지가 났어

반지 낀 곳이 간지럽더라니
검지손가락으로 살살 문질렀더니
손을 탓나봐
뾰루지가 얼얼하네
몽글 몽글 통증이 올라와
신경 쓰여
왜 아픈지 모르겠어
반지를 빼면
좀 나을까
그럼 그 사람이 속상하겠지
헤어질 인연이라
미리 알려주는 건가

온통 그 사람 생각만 하면
어느 순간 내가 나를 감당 못해
구속하고 속박하고
힘들고 지쳐
나가 떨어질 수도 있어

한발 비켜서
당신, 나 그리고
삼각지대를 만들면
충분히 사랑하고
안아줄 여유가 생겨
직진으로 마주보고 있으면
숨막히지 않을까

어제까지 몰랐던
너와 나
둘 만이 들을 수 있는
마음에 파장이 있는 거지
그렇게 인연이 되는 거라

쓸데없이 뾰루지에 하루 종일 마음이 쓰이는 건
두려워 그럴 수 있어
눈물나 그럴 수 있어
톡 터트려 금세 없앨까
상처가 생길 거 같아
아픔이 클 거 같아

생각을 잘라버리면 좋겠어

생각을 조절 못해서

감정에 빠져들어

감정 그대로 받아들여

보고 싶으면 보고 싶은 데로

그리우면 그리운 데로

아프면 아픈 데로

슬프면 슬픈 데로

외로우면 외로운 데로

그대로 받아들여

그러면 훨씬 마음이 편안해질거야

그러면 훨씬 마음이 가벼워질거야

그러면 훨씬 마음이 후련해질거야

사람이 만나고 헤어지는 일을

그대로 받아들여

사람이 잊혀지지 않아

사람이 없어지지 않아

사람이 그대로 옆에 있어

사람이 그대로 웃고 있어

사람이 그대로 손을 잡고

사람이 그대로 걷고 있어

사람이 그대로 천천히

사람이 그대로 허그해

사람이 그대로 속삭여

사람이 그대로 괜찮아

사람이 그대로 아프지마

사람이 그대로 사랑해

사람이 그대로 우리는

사람이 그대로 언제나

사람이 그대로 행복해

그렇게 그대로 받아들이면

반지 낀 곳에 뾰루지가 났어도

덜 아플거야

가붓이 날아올라보면 어떨까?

용기를 내야 한다.
그 순간에 도움닫기가 필요하다
숨 고르고 힘껏 달려가
구름판을 밟고 '쿵'
디뎌보자.

의외로 순식간에 넘어서
안정적인 착지 상태의
'나'를 발견할 수 있다.

뒤돌아보면
이젠 만만하게 보일 수도
그렇게 한 번은 넘어야 할
그것을 훌쩍 넘어
웃고 있을 것이다.

누군가, 무언가
우리를 도와주고 있을음믿고
힘껏 딛고
날아올라 보면 어떨까

관계

타인과 이어진다는 것

새로운 관계의 씨앗이 심어지고
'무엇'이 아니라
'어떻게 풀어나가야 할 것인가'에

관계의 해법이 아닌
새로움을 더하는 관계의 발견,
일상에서 도움을 주는 관계
일상에서 변화를 주는 관계
일상에 행동으로 실천하는 관계
일상에서 감각으로 느끼는 관계

누구나 말한다.
'우리가 원하는 관계' 였다고

누구나 생각한다.
관계를 느끼고 있다고

누구나 노력한다.
관계를 풀어내려고

관계는 태어난다.
수 많은 감정의 소용돌이에서
관계의 해법이 아닌
새로움을 더하는 관계의 발견

관계의 경험을 둘러보고
관계의 변형이 어우러져
관계의 통합이 아름답게

그렇게
'출발점'이 될 것이다.

그렇다.
관계는
마음 속 온 우주가 출렁거려야 가능하다.

내가 모르는 나를 이야기하는 사람들이 있다

난 빼빼 말랐다
성격이 예민해서
성질이 못되서
잘 안 먹고
밤에 잠을 잘 못 자서
그래서 빼빼 마른거란다
그래서 말 걸지 않고
그래서 아는 척 안하고
그래서 껴주지 않고
그래서 왕따를 시켰구나
알게 되었다

매번 이야기 할 수 없어서
그냥 있었는데
용기 내서 말했다

빼빼 마른 건
성격이 원래 예민한 것도 있겠죠
성질이 못되서도 그렇겠죠
음식은 가려 먹어야 해요

짜고 맵고 인스턴트 안되요
다행히 잠은 잘 자요
잠들면 아침에 깨요
그런데 살은 안 쪄요

간혹
덤으로 사는 인생이라
뭘 그렇게 남의 인생 지적질 하고
뭘 그렇게 남의 마음 아프게 하고
살 필요가 있을까

그리고 몇 마디 더한다
현재 5년차 암환자이며
8월 완치판정을 앞두고 있어요

그랬더니 오해했다고
미안하다고 사과한다
무슨 오해를 얼마나 했을까
내가 모르는 나를 이야기 한 것이 있다니
눈물이 났다
실컷 울었다
후련하다

다시 또 한번 후회한다

뭘 그렇다고

그걸 또 말하니

그걸 말해서 뭘 원하니

동정심에 널 얹어서

뭘 얻고 싶니

그것도 욕심이다

난 그냥 그대로 내 모습으로 그 자리에 있다

내가 모르는 나도 결국 나다

나라도 나를 알아주면 된다

8월 완치판정을 앞두고

3개월
그리고 6개월
갈 때 마다
눈물이 흐르는 것을
멈출 수 없었다

운전하고 가면서
단톡 가족방에
김옥선에게
김근희에게
원정숙에게
그리고 호빵맨에게
알린다
그리고 전화를 걸어
한참을 운다

괜찮다고 하겠지?
괜찮다고 할거야
걱정되는데
걱정하지마

괜찮을거야
진짜 괜찮겠지
그럼 괜찮지
그동안 잘 견뎠잖아
아무 이상 없었잖아

괜찮아요. 3개월 후에 봅시다
괜찮아요. 6개월 후에 봅시다
반복적으로 들어왔던 그 한 문장
이제 8월이면 끝난다

그럼 난 이제 진짜 괜찮겠지

아픈 어머니를 모시고 병원에 간다는 친구에게

언제 어머니의 손을 잡아봤니?
아주 까마득하게 느껴지니?

나도 며칠 전에 아버지가 아프셔서
병원에 다녀왔어.

어릴 적 남산 오를 적에
아버지 손을 꼭 잡고
걸어가는 뒷모습 사진을 보면서

생각해보니 아버지의 손을
잡아본 적이 아예 없네.

다음에 병원 갈 때는
용기 내서 아버지의 손을
꼬옥 잡아봐야겠어.

시간을 좀 벌어달라고 기도하고 있어.
아버지와 추억 쌓을 시간을 달라고

너도 슬쩍 어머니의 손을 잡아봐.

참 보기 좋을 것 같아.

엄마와 사랑할 시간

엄마를 사랑해 줄 시간을 달라고 기도해봐.

훨씬 받아들이기 수월할거야.

함께 할 시간이 얼마 남지 않았음을 알기에

아버지를 모시고 병원에 다녀왔어

엄마 손을 아빠 손을
잡아본 적이 언제였을까
기억나지 않았는데
용기 내서 잡아봤어.

미리 잡아볼 걸
거친 손등
가늘어진 손가락
마음이 아팠어

얼마 남지 않았어
마냥 계실 거라 생각했는데
시간이 얼마 남지 않았어

가을 아침, 선선함이 든다.
아버지 없이 무엇을 시작할 수 있었을까?
아버지의 손을 잡고 사랑을 담는 오늘이 되길 바라며.

준비하고 맞이해보자

시작노트

봄봄하다

봄봄 불어오는 바람 맞은 꽃전
여름여름 인절미 팥팥 올려 살얼음 빙수
가을가을 새빨간 초고추장 생생 석굴
겨울겨울 동동 동치미 고소 고구마

봄봄스럽게
촉촉 봄비에 새 잎들이 사부작사부작
여름스럽게
투두둑 투두툭 여름비에 초록잎 올멍지게
가을스럽게
부슬부슬 가을비에 은행잎 달달 단잠
겨울스럽게
주루룩 똑똑 또르르 겨울비에 나뭇잎 덜덜

봄봄하다
봄을 나누는 날
해와 달이 서로 만나고
추위와 더위가 같아지고

나이떡 먹고
콩볶음 고소한

여름여름하다
더위 시작하는 날
처음 더위 날
삼계탕 몸 보신하고
수박 입가심하는

가을가을하다
하룻밤 사이 된서리 상강 오기 전
노랑 고구마 달콤 배부름
감나무 꼭대기 까치밥 놔두고
곶감 만들어 두고 두고

겨울겨울하다
바람살 하얀 고드름
밤이 낮보다 길어지는 날
몽글몽글 새알심 단팥죽
얼음 동동 동치미

춘하추동

일년 사계절

봄, 여름, 가을, 겨울

그렇게 우리의 사계절, 행복한 날들입니다.

우리 집에 왜 왔니?

송은아(末恩我)

송은아
(宋恩我)

처음 책을 읽기 시작한 지 초등학교 3학년 때부터였다.

아직도 기억이 난다. <양파의 왕따 일기> 운명처럼 책과 항상 학창 시절을 보내고,

성인이 되어 애서가, 독서광으로써 시집 한 권을 내봅니다.

인스타그램: @seabook_1004

소라야, 새 집 줄게

거품 봐라
말도 참 잘해
속 깊은 이야기

잠적하기 전에
들어줄게
노래는 따갑겠지만

듣는 이는 없고
살아주는 이도 없는

껍데기가 무거운
그런 집이 생길 거야

슬픔이 없는 집

발자국이
모래로 덮이면
도망치고 싶어

무서움이
가슴 쥐어 잡아
움츠러든 마음

다시
돌아가고 싶은 건
너도 그렇구나

뙤약볕 아래 으슥한 곳

입이 간지러워도
숨죽여
하나쯤 뱉고 싶은데

고통은 잠시라고
허덕거리다
빗길에 목을 축여

박음질 솜씨 덕에
집이 생겨도
외로워

어둡지만
가늘고 긴 곳에서도

거꾸로 매달려서
자야만 한다고

숨소리로 뿜어져

세상은 놀이터

가까이 가면 갈수록
낯가림이 심해
아주 뜨겁게
보고만 있겠지

어둠이 다가올수록
잠시 뒤로하고
아주 기쁘게
반겨주고 있겠지

사람들은 다 어디로 갔을까

침묵을 지키면
쓸모가 없는 말이 부풀고

빨갛게 부풀어 오른 눈망울
쓸모 있는 생각들이 더해져

호박마차에서 내려야 할 때
다시 나를 붙잡아

아직 혼자가 아니라고

말 안 하면 귀신도 몰라

두 발자국 남기려
바쁘게 다녀도

매서운 눈초리에
마음이 그만

지친 날
해도 안 뜬 날

밤이
깊어지면
곡소리가 우렁차

물가에 둔 갈대와 억새

머릿결의 향으로 옆 사람에게
스며들게 된다면

나의 채취가 아름답다는 거
석양을 보면 기억되겠지

쉽게 흔들리지 않는 내 마음이
인정받게 된다면

간절함이 자라고 있다는 거
새싹처럼 피어나겠지

상상한 날이 아닌 것처럼

떨어지는
모래알들 이
밤하늘 더 빛나게

샴페인이 터지면
폭죽처럼 큰
세레나데 들으면서

사람들과
축배를 드는 날

별이라도 따러 가야 하는 이유

육신은
땅과 맞닿아 있어

밤하늘
길 쫓다 보면
말해 주고 싶어

은하수 따라
올라갈 수 있다고

밤이 사라지면
삼켜 버려도 좋아
빠져 버릴게

눈망울이
그늘져 버렸어

비밀보다 보석을 털어줄게

해변에 있으면
소녀 감성이 살아나

빛나지만
두둥실 떠 있는
눈물 자국 같기도 해

다이빙을 하면
진흙탕에 빠져버렸지

말하지는 못해도
가질 수는 없어도

이것만 담아가져갈게
찬란했던 인생

시작노트 /

청춘은 그때뿐이라고
인생은 단축키가 없다고 생각을 해야 한다
'욕심을 버려야지' 하면서도
생각을 버리는 단축키는 누르지 않을 거다
억누르고 있는 아집이 문제
사실 외롭지 않기 위해
여행을 떠난다.

나에게도 봄이 왔어
벚꽃이 졌다고 해서
마음도 진거 아닌데
다른 꽃이 피어나길

2022년 여름
바다라고 하기엔 어려운 을왕리에서

쏟아지는 뙤약볕에 시간을 말리고

발행 2022년 7월 20일
지은이 시 그리고 생각, 이광근, 이랑, 미지수, 김용기, 정안시율, 송은아(宋恩我)
라이팅리더 여한솔
펴낸이 정원우
펴낸곳 글ego
출판등록 2019.06.21 (제2019-000227호)
주소 서울특별시 강남구 테헤란로216, 12층 A40호
이메일 writing4ego@gmail.com
홈페이지 http://egowriting.com
인스타그램 @egowriting

ISBN 979-11-6666-166-2